Heinz Kunisch

Castellum Humanicum – Das versunkene Schloss

Heinz Kunisch

Castellum Humanicum – Das versunkene Schloss

Rediroma-Verlag

Bibliografische Information der Deutschen Nationalbibliothek:
Die Deutsche Nationalbibliothek verzeichnet diese Publikation in der Deutschen Nationalbibliografie; detaillierte bibliografische Daten sind im Internet über http://portal.dnb.de abrufbar.

Alle Personen sowie die Handlung sind frei erfunden und beziehen sich nicht auf real existierende Personen, Geschehnisse oder Lokalitäten.

ISBN 978-3-98527-557-1

Illustrationen:
Angelika Schouljitskaja , St. Petersburg – Russland
Umschlaggestaltung:
Franz Kunisch

www.rediroma-verlag.de
8,95 Euro (D)

Inhalt

Kapitel 1
Lara hält's nicht mehr aus

Lara ist 11 Jahre alt und wohnt mit ihrem jüngeren Bruder Franz und ihren Eltern in einem kleinen Mietshaus in einem Dorf in Bayern. Ihre Freunde und Eltern nennen sie nur Lara, doch wenn sie etwas angestellt hat, rufen ihre Eltern nach Lara Valentina. So weiß sie gleich, dass etwas nicht so ist, wie es sein sollte.

Als Lara noch ein kleines Kind war, erzählte man ihr und ihrem Bruder die Geschichten von einem versunkenen Schloss, das ganz in der Nähe gewesen sein sollte. Eigentlich kennt jeder, der im Dorf lebt, die Geschichte oder, wie es manche nennen, das Märchen von dem König, der mit seinem Schloss im Erdboden versank.

Wenn Lara mit ihren Freunden im Dorf spielte, suchten sie oft nach Zeichen oder Gegenständen, die aus dieser Zeit stammten, jedoch fanden oder sahen sie nie etwas. Es gab nichts, was auf ein Schloss hindeuten könnte.

Das Dorf war nicht so groß, nichts Besonderes: eine Bäckerei, ein Gasthof und eine Kirche, wie in vielen Dörfern rund herum. Lara hatte viele Freunde. Mit den meisten war sie schon in den Kindergarten gegangen, in dem alle aus dem Dorf gewesen waren. Hier gab es die Schmetterlings-, die Bienen- oder die Schneckengruppe. Sie kannte alle Kinder, Vanessa mit ihrer Schwester Johanna, Moritz, Tobi, Michi, Amy, Nikki, Paul und seinen Bruder Kili, Boldi und noch viele mehr. Auch die Eltern der Kinder verstanden sich sehr gut und gingen zweimal im Jahr als große Gruppe in die Berge zum Wandern.

Es war immer das erste Wochenende vor den großen Ferien. Freitagnachmittag ging es los und Sonntag kamen alle wieder zurück. Zweimal in den Bergen in einer Hütte übernachten, das war ein Riesenspaß für alle. Jedes Jahr und immer ein anderer Berg.

Jetzt zu ihrer Geschichte.

An einem sonnigen Samstagmorgen fuhr Lara mit ihrem Fahrrad zu ihrer Oma. Diese wohnte am anderen Ende des Dorfes. Plötzlich sah sie einen großen Grenzstein am Wegesrand liegen. In diesem waren „9 km“ und ein Pfeil gemeißelt. Lara hatte den Stein vorher noch nie bemerkt, jedoch schien die Sonne an diesem Tag so stark, dass der Stein richtig hervorstrahlte. An den Ziffern erkannte Lara, dass das kein neuer Stein sein konnte. Es war eine alte Schrift und auch der Pfeil war wie ein altes Zeichen, das man heute nicht mehr benützt. Da sie den Grenzstein vorher noch nie bemerkt hatte, blieb sie bei ihm stehen und schaute ihn genauer an. Sie starrte lange Zeit auf den Stein, sodass sie in ihrer Fantasie schon zu träumen begann. Auf einmal saß da ein Steinmetz, der diesen Stein bearbeitete. Er meißelte gerade eine Neun hinein. Ein zweiter Mann kam hinzu und brachte dem Steinmetz neues Werkzeug, einen spitzen und einen flachen Meißel. Der Weg war ein Feldweg mit tiefen Rillen, in denen eine Kutsche heranfuhr. Der Kutscher fragte den Steinmetz, ob der Weg zum Schloss führe, er müsse dort einen Schrank, der hinten auf der Ladefläche lag, liefern. Der zweite Mann, der vorher das Werkzeug gebracht hatte, drehte sich zu dem Kutscher und meinte, er müsse auch dorthin und könne ihm den Weg zeigen, es sei nicht mehr weit. Der Mann stieg auf und die beiden fuhren davon.

Es war jetzt schon 11 Uhr und die Glocken der Kirche begannen so laut zu läuten, dass Lara von ihrer Reise in die Vergangenheit herausgerissen wurde und sich wieder mit ihrem Fahrrad neben dem Stein befand. Lara schaute noch die Straße hinunter, jedoch waren hier nur geparkte Autos, von einer Kutsche weit und breit nichts zu sehen. Traurig nahm sie ihr Fahrrad und fuhr weiter zu ihrer Oma. Sie klingelte und als diese die Tür aufmachte begann sie gleich zu erzählen, was sie gerade erlebt hatte. Beide gingen in die Küche, wo das Essen schon auf dem Tisch stand. Es gab Marillenknödel oder, wie man hier sagt, Aprikosenknödel mit Semmelbrösel und heißer Butter darüber. Diese mochten Lara und Franz besonders gerne. Ihre Mutter machte sie sehr selten. Oma hingegen sehr oft, denn die Aprikosen wuchsen bei ihr im Garten. Die Oma hieß Resi, lebte alleine und kochte sehr gerne.

Lara redete und redete sogar beim Essen und ihre Oma hörte aufmerksam zu, anders als sonst, denn normalerweise hörten Lara und ihr Bruder Franz der Oma zu. Es waren viele Gutenachtgeschichten, die die beiden von ihrer Oma erzählt bekamen, und einige davon drehten sich um das Dorf, das vor 300 Jahren im Boden verschwand. Ihre Oma erzählte die Geschichten so gut, als ob sie in dieser Zeit in dem Dorf gelebt hätte. Man konnte sich gleich in die Geschichte reindenken.

Vor 300 Jahren gab es in Bayern noch einen König. Dieser reiste gerne durch sein Land und eines Tages kam er in ihre Gegend. Diese gefiel ihm so sehr, dass er sich entschloss, hier sein Schloss zu bauen.

Er schickte seine Architekten, um das Land zu vermessen, und kurze Zeit später kamen viele Handwerker, die begannen, das Schloss zu bauen. Es sollte das größte und prächtigste Schloss von allen Schlössern werden, die der König besaß. Die Bauzeit betrug mehr als 25 Jahre und während dieser Zeit ließen sich rund um das Schloss Bauern, Handwerker, Händler, Schmiede und Künstler nieder. Taglöhner mit ihren kleinen Häusern lebten ebenfalls hier. In dieser Zeit wurde auch ein Garten um das Schloss angelegt, der in den 25 Jahren der Bauzeit zu einem der prächtigsten Gärten von allen Schlössern heranwuchs. Der König war so von dem Schloss besessen und angetan, dass er all sein Geld in Gold umtauschte und das Schloss damit reich verzierte. Es waren mehr als 100 Zimmer im Schloss und alle waren mit den feinsten und edelsten Materialien samt Möbeln ausgestattet.

Der König lebte mit seiner gesamten Familie im Schloss, dazu gehörten seine Frau und seine drei Kinder, zwei Söhne und eine Tochter. Es war eine große Schar an Dienern, Köchen und Bediensteten täglich am Werk, um den König zu erfreuen. Er regierte das Land von hier aus. Er wollte nicht mehr reisen, denn er war von seinem Schloss sehr besessen. Er ließ es immer wieder erweitern, hier noch ein Saal, dort noch ein Raum und alles musste vom Feinsten bestückt werden. Von weitem konnte man das Schloss sehen, denn der König ließ hohe Türme an das Schloss bauen, an denen auch Fahnen mit seinem Wappen wehten. So lebte der König und sein Gefolge lange Zeit friedlich an diesem Ort, der im ganzen Land wegen seiner Schönheit bekannt war und schon zu einem kleinen Dorf herangewachsen war.

Oma Resi musste tief Luft holen und ihr war zum Weinen, wenn sie an die schreckliche Stelle der Geschichte kam.

Es muss fürchterlich für die Bewohner des Dorfes und den König gewesen sein. Es war ein langer verregneter Sommer und ein bald darauffolgender kalter Winter mit sehr viel Schnee. Als im Frühjahr die Sonne kräftig schien und der Schnee zu schmelzen begann, da kam auch noch ein Gewitter dazu. Das Unglück nahm seinen

Lauf. Ein kleiner Bach, der durch das Dorf floss, wurde immer größer und reißender, das Wasser ging über seine Ufer. Es regnete tagelang. Die Äcker und Wiesen rund um das Schloss waren so aufgeweicht, dass das schwere Schloss mit all seinen Bewohnern im Boden versank. Auch das ganze Dorf wurde mitgerissen, es gab keine Überlebenden.

Nach einigen Tagen, als der Regen aufhörte, war das Dorf samt dem Schloss verschwunden und von all dem gab es nichts mehr zu sehen.

Als dies im ganzen Land bekannt wurde, trauerten die Leute um ihren König und die Bewohner des Dorfes. Zu dieser Zeit dachte man, dass der Ort, an dem das Schloss stand, verflucht war und der Teufel holte sich den König samt dem Dorf. Keiner traute sich an die Stelle, wo einst das schöne Schloss und das Dorf gestanden hatten.

Lara und Franz hörten gespannt ihrer Oma zu. Sie konnten sich genau vorstellen, wie das schwere Schloss mit all seinen reich verzierten und prunkvollen Zimmern im Boden versank.

100 Jahre vergingen und die Leute trauten sich wieder an den Ort, wo einst das prächtige Schloss gestanden hatte. Während dieser Zeit wuchsen wieder viele Bäume und Sträucher an diesem Ort und auch der kleine Bach schlängelte sich durch die Landschaft und man sah nichts von einem Schloss oder Dorf. Diese Gegend sah wieder so aus, wie sie der König vor 100 Jahren bei seinen Reisen durchs Land vorgefunden hatte. Langsam begannen sich dort wieder Leute anzusiedeln. Es waren einfache Leute. Sie lebten in Holzhütten, in die der Wind wehte und im Winter der Schnee hineinschneite. Mit der Zeit begann auch hier wieder ein Dorf zu entstehen. Die neuen Häuser wurden aus Stein gebaut und auch das Vieh war im Stall untergebracht. So vergingen wieder 100 Jahre und das Dorf wurde zu einer kleinen Gemeinde. Die

Leute, die jetzt hier wohnten, hatten die Geschichte vom König mit seinem Schloss schon vergessen oder hielten diese für ein Märchen.

Lara und Franz glaubten auch, dies sei ein Märchen da es hier kein einziges Zeichen von einem König oder einem Schloss gab. Lara meinte, es sei eine Geschichte, die sich ihre Oma ausgedacht hatte. Es war aber eine schöne Geschichte, da sie Geschichten über Prinzessinnen und Könige liebte.

Mit ihrer Familie waren sie oft in der Residenz oder der Schlossanlage Nymphenburg in München. Hier konnte Lara in ihre Welt der Könige und Prinzen eintauchen. Die prunkvollen großen Zimmer mit ihren Gemälden und Büsten, alles mit Gold geschmückt, das gefiel ihr sehr. Das Marstallmuseum mit dem Prunkwagen, die höfischen Schlitten der Bayerischen Herrscher oder die Porzellanmanufaktur, das sollte man schon mal gesehen haben. Ihre Fantasie war so groß, dass sie manchmal das Dorf, in dem sie jetzt wohnte, zeichnete und in die Mitte malte sie ein Schloss. Sie malte sehr gerne Könige und Prinzessinnen, auch die Zimmer mit den Möbeln und all den prunkvollen Gegenständen, wie die Oma es erzählte, malte Lara sehr schön nach.

Lara lebt mit ihrem Bruder Franz und ihren Eltern, Vater Hermann und Mutter Tanja, in einem Mietshaus im Dorf. Eines Tages kam ein Bekannter vorbei und sprach mit ihren Eltern über einen kleinen Bauernhof, der am Rande des Dorfes lag. Dieser stand zum Verkauf und der

Bekannte bot ihn den Eltern an. Am Abend saßen alle am Esstisch und starrten in ihre Teller. Keiner wusste, was er sagen sollte.

Das Häuschen, in dem sie jetzt wohnten, war so gut wie neu, mit einem schönen Garten, und jeder hatte Platz für sich. Jeder hatte sein eigenes Zimmer, die Nachbarn waren sehr nett und wenn man mal in den Urlaub fuhr, passten diese auf alles auf oder versortgen auch Laras grünes Chamäleon. Hier gab es noch eine Gemeinschaft, genauso wie es in einem Dorf sein sollte. Jeder kannte jeden und man half sich gegenseitig.

Der Bauernhof dagegen war klein und schon sehr alt. Der Stall war nur noch halb so hoch wie das Wohnhaus der Rest war schon eingesunken. Im Ganzen sah alles sehr runtergekommen und alt aus. All das wusste Laras Familie, sie kannten den alten Bauernhof, der schon seit Jahren leer stand. Vater Hermann hatte schon immer den Wunsch, einen kleinen Bauernhof zu besitzen mit einem Hund und ein paar kleinen Tieren. Davon träumte er schon lange. Aber dieser Bauernhof war eher ein Albtraum als sein Wunsch. Mama Tanja hingegen hatte schon immer von diesem Bauernhof gesprochen. Sie mochte dieses kleine Anwesen am Rande des Dorfes mit seinen eingewachsenen Bäumen und dem parkähnlichen Garten. Hier könnte sie sich auch einen eigenen Gemüsegarten anlegen wie bei Oma Resi oder Hühner halten und jeder bekäme morgens ein frisches Ei von ihren Hühnern. Tanja redete oft über dieses Anwesen und wie gerne sie darin wohnen würde.

Franz war mit allem einverstanden. Hauptsache, er bekam wieder ein eigenes Zimmer.

Die Familie saß wie gewohnt beim Abendessen am Tisch. Wie von einer Hummel gestochen sprang Hermann auf und sagte: „Wie ihr alle wisst, können wir das Anwesen am Rande des Dorfes kaufen. Ich möchte nicht allein darüber entscheiden. Ich hätte gerne eure Meinung dazu, ob wir uns das antun sollen oder ob wir hierbleiben."

Alle schauten zu Papa. An diesem Abend beschlossen sie sich den Bauernhof in den nächsten Tagen genauer anzuschauen. Doch wie vor 300 Jahren verschlechterte sich das Wetter und es regnete in Strömen. Die Familie hatte keine Möglichkeit, sich das Haus und den Hof anzusehen.

Nach ein paar Tagen hielt es Lara nicht mehr zuhause aus. Sie musste raus, auch im strömenden Regen. Magisch zog es sie zu dem alten Bauernhof. Sie wusste, dass niemand darin wohnte.

Die Tür zum Wohnhaus war verschlossen. So ging Lara in den halb versunkenen Stall. Es standen noch Kutschen und Leiterwägen herum. Außerdem lag noch überall Stroh und Heu.

Die Leute im Dorf mieden den Hof, er war gespenstisch. Obwohl niemand darin wohnte, rauchte manchmal der Kamin. Lara war schon immer die mutigste von all ihren Freundinnen. Sie ging immer weiter in den Stall und entdeckte eine Treppe, die in einen Keller führte. Sie war allein, jedoch fürchtete sie sich nicht. Sie hörte eine innere Stimme, die sie antrieb und sagte, gehe weiter die Stufen hinab und in den Raum hinein. Das tat sie auch. Der Raum war sehr dunkel, aber Lara ging weiter. Sie spürte den weichen Boden unter sich und auch eine behagliche Wärme. Sie machte noch ein paar vorsichtige Schritte nach vorne, als sie plötzlich einsank. Sie erschrak und schrie nach Hilfe, jedoch hörte das niemand. Draußen regnet es noch immer und keiner war auf der Straße. Auf einmal öffnete sich der Boden unter ihren Füßen und sie stürzte ein paar Meter runter in einen dunklen Raum. Lara war vor Schreck erstarrt. Sie wusste nicht, was jetzt geschah.

Sie schrie um Hilfe, jedoch hörte das niemand außer …

Kapitel 2
Lara und der Junge

Nachdem Lara im Stall die Treppe in den Keller runter gegangen war, spürte sie einen weichen Boden unter sich. Dieser brach kurz darauf unter ihren Füßen ein und sie stürzte in einen dunklen Raum. Sie fiel auf einen Haufen aus Stroh.

Das Mädchen schrie um Hilfe, jedoch hörte das niemand, da es immer noch stark regnete und bei so einem Wetter keiner unterwegs war.

Plötzlich hörte sie Geräusche, die von unten kamen, und es öffnete sich eine Luke aus dem Boden heraus. Ein ungewöhnlich bekleideter Junge mit schwarzen Haaren schaute Lara an und begann vor Angst laut zu schreien. Sofort schloss er die Luke wieder und Lara saß im Dunkeln. Jetzt schrie sie noch lauter als vorher und die Luke öffnete sich wieder, aber nur einen kleinen Spalt. Lara konnte einen Kopf erkennen, der da durch schaute. Sein Hemd hatte mehrere Flecken um die linke Schulter.

Beide starrten sich erschrocken an. Nach einiger Zeit lächelten die zwei.

Der Junge sprach zu Lara: „Wer seid Ihr? Von wo kommet Ihr? Was machet Ihr da oben? Ähm ... Habet Ihr Euch wehgetan?“

Er wollte noch was sagen, doch da begann auch schon Lara zu reden.

„Ich heiße Lara und komme aus dem Dorf. Wer bist du? Wie heißt du und warum redest du so?“

„Ich heiße Ottfried.“

„Ottfried“, wiederholte Lara schmunzelnd, „ein komischer Name.“

„Lara, das ist ein komischer Name“, erwiderte Ottfried.

Lara ging zu dem Jungen, der eine Fackel in der Hand hielt. Diese beleuchtete den ganzen Raum, in den das Mädchen gestürzt war. Es sah aus wie in einem alten Dachboden mit ein paar Stühlen, einem großen Bett und einer Kommode, auch Heu und Stroh lag herum. Alles war sehr alt und verstaubt und voller Spinnweben. Der Junge schaute Lara mit großen Augen an. Er nahm sie an der Hand und führte sie durch die Luke, denn dort war eine Leiter, die sie nach unten in einen weiteren Raum brachte.

Jetzt standen beide in einem runden Zimmer, das mit Kerzen erhellt wurde. Lara entdeckte weiße Verzierungen auf der grünen Wand. Sie gingen aus dem Zimmer raus, Treppen runter und einen langen Gang entlang. Alles war dunkel, nur der Schein der Fackel erhellte die beiden, kalt war es auch. Hier hingen viele Gemälde von Männern und Frauen mit Kronen, aber auch von Pferden.

Das konnte Lara beim Vorbeigehen erkennen. Am Ende des Flurs war ein großer Raum, der einem Saal ähnelte. Alles konnte sie nicht sehen, da nicht überall Kerzen waren. Trotzdem erkannte sie, dass viele Leute an einem großen, langen Tisch saßen. Alle waren mittelalterlich gekleidet.

Als der Junge mit Lara eintrat, kehrte Ruhe ein und alle blickten zu den beiden.

In diesem Saal waren noch andere Kinder, die aufgeregt und mit weit geöffneten Augen zu den beiden rannten. Auch die waren alle barfuß wie Ottfried. Jeder von ihnen wollte Lara und ihre Kleidung berühren, denn solche Stoffe und Farben hatten sie noch nie gesehen. Lara trug gelbe Gummistiefel, eine Jeans und einen roten Anorak.
Die Kinder lachten und kicherten laut durcheinander. Sie deuteten auf die Schuhe und den roten Anorak. Gleichzeitig waren sie sehr wissbegierig.

Sie stellten sehr viele Fragen:

„Woher kommet Ihr?“

„Wer seied Ihr?“

„Wie heißet Ihr ?“

„Wie seied Ihr zu uns gekommen?“

Immer wieder zupften die Kinder an der Kleidung von Lara.

Doch diese wurde von all dem so überrascht, dass sie nicht wusste, wie ihr geschah. Und so ergriff Ottfried nach einem langen Knicks das Wort: „Eure Hoheit, ich bitte um Verzeihung. Darf ich vorstellen? Das ist Lara. Ich habe sie auf dem Dachboden im Klenzen Eck, nachdem ich sie schreien hörte, entdecket. Ich kletterte sofort hinaufa, da habe ich sie entdecket und hierher gebringt.“

Die Leute am Tisch waren wie erstarrt und schauten zu Lara und ihrem Begleiter.

Ein großer Mann stand auf. „Seied still", sagte er mit lauter Stimme.

Alle Kinder waren sofort leise.

„Du mein Kinde trete vor. Wie waret dein Name?"

„Lara", stammelte das Mädchen.

„So so… Lara", sagte der große Mann.

Irgendetwas hob ihn von den anderen ab. Er hatte dunkle Haare und einen Vollbart. Noch dazu war er nicht barfuß, sondern hatte blaue Strümpfe an.

Die Frauen und Männer, die am Tisch saßen, schauten ängstlich zu Lara. Ein Mensch, den sie vorher noch nie gesehen hatten, stand plötzlich vor ihnen mit sonderbarem Gewand und langem blonden Haar.

Doch mutig, wie Lara war, fragte sie: „Und wer sind Sie?"

„Ich bin König Arthur."

„Ein echter König? Aber wo ist Ihre Krone?"

„Was für ein Frevel! Natürlich ein echter König! Die Krone brauche ich nur zu besonderen Anlässen. "

Alle fingen an, sich über Laras Frage lustig zu machen.

Doch der König sorgte schnell wieder für Ruhe, denn er sah, dass sich Lara unwohl fühlte.

Seine Hoheit fragte nochmal: „Wo kommest du her? Und wie seist du zu uns gekommen?"

Lara begann ihr kleines Abenteuer zu erzählen. Sie fing mit dem alten Bauernhaus und der Treppe, die in den

Keller führte, an. Sie erzählte auch, dass sie diese runtergegangen und in ein Loch gefallen war.

Auf einmal quatschte Ottfried dazwischen: „Dann, dann hat sie um Hilfe geriefen und ich habe sie gefunden und hierher, zu eurer Hoheit, geführet."

Keiner sagte was, es war muxmäuschenstill im Saal. Jetzt ging ein lautes aahhh und oohhh durch die Menge. Die Leute am Tisch fingen an durcheinander zu reden. Es waren Wörter wie Geist und Gespenst zu hören.

Lara fing an zu weinen. Sie wollte wieder nach Hause, in ihre bekannte Umgebung. Ottfried stand noch immer neben ihr, wie die anderen Kinder auch. Er wusste nicht, was er sagen sollte, um sie zu trösten. Hin und wieder fielen kleine Wassertropfen von der Decke auf Lara. Auch im Gang bildeten sich schon kleine Pfützen, die man im lodernden Licht der Fackel sah. Jetzt bekam Lara richtig Angst. Was ist, wenn diese Leute mich gefangen halten und ich nie wieder nach oben in mein Dorf zu meinen geliebten Eltern komme? Die schlimmsten Gedanken schossen ihr durch den Kopf. Sie würde nie wieder ihre Oma sehen oder Franz, den kleinen frechen Bruder, der ihr Chamäleon gerne in den Blumen versteckte. Nein, das konnte sie nicht zulassen, sie wollte nicht hier bleiben. Ihre Eltern mahnten Lara immer: „Gehe nie mit Fremden mit!" Und jetzt war sie mitten unter ihnen wohlmöglich gefangen. Arthur, der König, wollte das Mädchen trösten und bat, dass sie sich an den Tisch setzte. Jedoch weinte sie so sehr, dass sie es nicht hörte.

Eine Frau stand auf und nahm das Mädchen in die Arme, um sie zu trösten. „Sei nicht traurig, wir tun dir nichts Böses“, sagte sie.

Alle Kinder umarmten Lara und sagten das gleiche, „sei nicht traurig wir tun dir nichts Böses“. Da begann Lara wieder zu lachen. Ihr fiel ein Stein vom Herzen. Sie würde ihre Eltern, ihre Oma und Franz wiedersehen.

Arthur bat Lara nochmal zu sich an den Tisch. Ottfried nahm sie bei der Hand und führte sie zu Tisch, beide setzten sich und Lara begann zu erzählen wie es oben im Dorf war. Dass hier viele Häuser standen und Autos auf den Straßen fuhren und der Bus, mit dem sie jeden Tag in die Schule fuhr.

Die Leute hörten gespannt zu. Es waren Dinge, von denen keiner von ihnen je gehört hatte. Sie hatten keine Vorstellung von einer Straße, einem Auto oder einem Bus. Mit Schule konnte auch keiner was anfangen. Lara wusste nicht, wie sie das beschreiben sollte, damit alle verstanden, was sie meinte.

Fotos oder ein Blatt Papier hatte sie nicht dabei, um es zeigen oder zeichnen zu können. Wie soll man diese Sachen beschreiben, damit jemand, der das nicht kennt, eine Vorstellung davon bekommt?, fragte sie sich … Habt ihr eine Lösung?

Jedenfalls erzählte Lara von ihren Freunden und Freundinnen, der Schule, ihrem Bruder und ihrer Oma. Auch was es zu essen gab oder was ihre Lieblingsspeise war:

Marillenknödel mit Semmelbrösel und heißer Butter darüber. Dafür würde sie alles tun.

Lara erzählte, dass es gerade in Strömen regnete, obwohl es Sommer war. Normalerweise schien die Sonne, es waren 30 Grad im Schatten und alle trafen sich am Tenner See zum Baden. Ebenso erzählte sie, wie sie im Winter gerne eine Schneeballschlacht machte. Oder über den Frühling, wenn alles zu blühen begann, die Wiesen grün wurden und die Blumen blühten.

Die Leute hatten keine Ahnung von dem, was Lara erzählte. Sie schauten sich an, zuckten mit den Schultern und wackelten mit dem Kopf hin und her.

Sie waren ihr Leben lang nur in den Räumen unter der Erde, ohne Sonnenlicht, Strom oder fließend Wasser.

Auf dem Tisch standen Teller und Gläser. Man konnte nicht erkennen, was in den Tellern oder was das braune in den Gläsern war. Je länger Lara in dem dunklen Raum war, desto mehr konnte sie sehen. Jetzt begriff sie, dass es sich um ein größeres Gebäude wie ein Schloss handeln musste. Sie erinnerte sich an die Räume von den Schlössern, die sie besucht hatten, diese schauten ähnlich aus.

Die Geschichte ihrer Oma war wahr geworden und sie war mittendrin. Auch Geschichten über König Arthur hatte ihr Oma schon vorgelesen, aber dass sie jetzt mit ihm an einem Tisch saß, das würde ihr Oma Resi nie glauben. Wie kam König Arthur nach Bayern, der war doch in England, dachte sich Lara. Sie fragte Arthur, wie er König geworden und wo sein Volk sei. Arthur kannte nur dieses Leben unter der Erde und verstand daher nicht, was Lara damit meinte. Sein Vater war König Maximilian und als der gestorben war, wurde Arthur, als ältester Sohn, König. Arthur erzählte, dass er auch zwei Söhne und zwei Töchter hatte und seine Frau Sophie hieß.

Jetzt wurde es Lara wieder mulmig und sie dachte an zuhause.

Sie fragte König Arthur, ob sie gehen dürfe, sie würde morgen wiederkommen, ganz bestimmt. Ottfried brachte sie wieder in den Flur. Lara rannte los, den Gang hinunter in das runde Zimmer und dann die Leiter hoch.

Kapitel 3
Keiner glaubt Lara

Ottfried brachte Lara wieder in den Flur. Er wollte sie nicht traurig sehen. Die Kinder und der König hatten ihr viele Fragen gestellt. Doch Lara fürchtete sich und wollte so schnell es geht wieder zurück zu ihren Eltern. Sie schaute Ottfried an und entschied sich, umzudrehen.

Das Mädchen lief den Weg zurück, den sie gekommen ist. Den Gang entlang durch die kleinen Pfützen, die sie vorher schon gesehen hatte. Jetzt noch links Treppen rauf in das grüne runde Zimmer, das jetzt aber sehr dunkel war, da keine Fackel mehr brannte und man die Farbe nicht mehr sehen konnte.

Die Leiter stand noch an der Luke, aus der Ottfried geschaut hatte, als er Lara nach ihrem Sturz in den dunklen Raum schreien gehört hatte. Sie kletterte diese hinauf in den Dachboden. Hier sah sie an der Decke das Loch, durch das sie vorher eingebrochen war. Sie zog mit viel Kraft die Leiter zu sich und stellte sie an die Wand zu dem Durchbruch in der Decke.

Sie hörte währenddessen noch, wie Ottfried ihr traurig nachrief: „Lasset die Leiter runter. Ich will mit Euch gehen!“

Jedoch wollte sie nur noch nach Hause und stieg die Leiter so schnell sie konnte hoch. Vor lauter Angst, dass ihr jemand folgen könnte, zog sie die Leiter nach oben. Vorsichtig tappte sie zu den Treppen die sie am Nachmittag runterging. Der Boden war schon vom Regenwasser aufgeweicht, sehr weich und schwammig. Nur noch die Treppen rauf und raus aus dem alten Stall.

Jetzt war es draußen schon dunkel, was die ganze Umgebung unheimlich und gruselig aussehen ließ. Schnell lief sie zu ihrem Fahrrad, machte das Licht an und radelte so schnell sie konnte durchs Dorf die Straße rauf nach Hause. Ihre Eltern und ihr Bruder waren daheim und schauten fern, da es ja immer noch in Strömen regnete.

Die Mutter fragte: „Wo warst du so lange? Und wie schaust du aus? Ganz nass, voller Staub und Spinnweben.“

Lara zögerte ein wenig, würden die anderen ihr glauben?

Doch dann begann sie zu erzählen: „Ich bin mit meinem Fahrrad zu dem alten Bauernhaus gefahren und wollte es mir genauer anschauen. Das Wohnhaus war leider abgesperrt, doch zum Glück war der Schuppen offen und da bin ich reingegangen.“

Ihre Mama war still. Sie wusste nicht, was sie sagen sollte.

Also fuhr Lara fort: „In dem großen Schuppen gegenüber dem Wohnhaus stehen noch alte Kutschen und Leiterwägen herum. Alles ist voller Heu und Stroh. Auch Tauben, die unterm Dach nisten habe ich gesehen. Und in dem kleinen Stall ist das Dach undicht. Regen fällt durch das Dach und läuft eine Treppe runter in einen Raum in den Keller und die bin ich runter gegangen.“

Die Mutter lachte. Aber Lara fand das nicht witzig sondern eher gemein von ihrer Mutter. Also fragte sie: „Wieso lachst du? Das stimmt. Ich bin da runter gegangen.“

Tanja kannte ihre Tochter und wusste, dass sie sich nicht mal allein in den Keller des Hauses traute, in dem sie jetzt wohnten. Aber sie sagte nichts.

Und weil sonst niemand redete, erzählte Lara weiter: „Ich bin die Treppe hinuntergegangen und dann durch ein Loch in einen Raum gefallen. Hier hat mich Ottfried gefunden und zum König gebracht. Noch einen Raum drunter und dann in einen großen Saal, das hat ausgesehen wie ein Saal vom Schloss Nymphenburg, ehrlich, Mama. Auch Kinder waren da unten."

Laras Mutter legte die Hand auf ihre Stirn, sie wollte fühlen, ob ihre Tochter Fieber hatte, doch die Stirn war kalt.

In diesem Moment kam Hermann hinzu, die Mutter erzählte ihm, was seine Tochter heute erlebt hatte. Von dem Bauernhaus, das sie so gerne hätte und dass Lara heute drin war und einen König, der mit seiner Familie da drin wohnt, kennengelernt hatte. Auch sein Hofstaat lebte darin mit vielen Kindern und im Inneren war es wie im Schloss Nymphenburg. Ein langer Gang und am Ende ein großer Saal. In den Ställen standen noch Kutschen. Hermann fing an zu lachen und meinte zu Lara, sie solle ein Buch darüber schreiben, das wäre ein guter Roman.

„König?! In unserem Dorf? Ha ha ha!"

Doch Lara erwiderte laut und enttäuscht, da ihr keiner glaubte, dass es stimmte: „Ich war da. Und da hat es einen König gegeben und auch einen Ottfried und noch viele kleine Kinder."

„Ja ja", sprach Hermann. „Und morgen gewinnen wir im Lotto."

Lara begann nochmal ihre Geschichte zu erzählen. Vielleicht glaubte ihr Papa, wenn er alles hörte. Aber er sagte nichts dazu, lachte nur und ging ins Wohnzimmer zurück zu Franz.

Tanja schickte sie ins Bad sie solle eine warme Dusche nehmen, in der Hoffnung, dass sie danach nicht mehr sowas Verrücktes erzählte.

Lara ging traurig ins Bad, denn niemand würde ihr diese Geschichte glauben. Alle würden sie für immer deswegen auslachen.

Als sie später aus der Dusche kam, wollte ihre Mutter von ihr wissen, wo sie denn in Wahrheit gewesen war. Das Mädchen verstand, dass ihr keiner glaubte.

Diese Geschichte war zu schön, um wahr zu sein. Lara ging in ihr Zimmer, nahm ihr grünes Chamäleon aus dem Terrarium und erzählte ihm, was sie heute erlebt hatte. Ludwig hieß das Chamäleon, sie hatten es vor Jahren aus dem Tierheim geholt. Eigentlich waren sie wegen Franz dorthin gefahren. Der wollte schon immer ein Haustier, einen Zwerghasen oder Hamster.

Ihre Eltern wollten etwas Gutes tun und es kam nur ein Tier aus dem Tierheim aus der Nachbargemeinde in Frage. Die Kinder waren sofort einverstanden. Dort angekommen sahen Lara und Franz das Chamäleon und beide hatten sich darin verliebt. Papa fand es auch sehr schön. Sie ließen sich von den Betreuern erzählen, was so ein Chamäleon brauchte. Gleich konnten sie es nicht mitnehmen, sie mussten erst noch ein Terrarium und die Einrichtung dazu kaufen. Als das alles zuhause im Zimmer von Lara war, holten sie Ludwig, wie die Kinder das Chamäleon tauften, ein paar Tage später zu sich.

Am Abend ging Lara ins Zimmer ihres Bruders und berichtete ihm von dem Tag heute. Von dem alten Bauernhaus der Treppe und dem weichen Boden, der sich auf einmal öffnete. Auch der Junge Ottfried und der König kamen in ihrer Erzählung vor. Franz hörte aufmerksam und gespannt zu, er konnte sich alles genau vorstellen. Den König mit seinem roten Umhang und der Krone auf dem Kopf. Alle Zimmer mit Gold geschmückt und große Bilder und Fackeln an den Wänden. Ritterrüstungen in den Ecken, so stellte es sich Franz vor. Am Ende war er so überzeugt von dem, was seine Schwester erzählte, dass er am nächsten Tag mitkommen wollte, um den König zu sehen. Die beiden lagen auf dem Bett von Franz und redeten lange über das, was sie morgen machen würden. Sollten sie alleine dorthin fahren oder ihre Freunde vom Dorf mitnehmen? Franz spielte Fußball im Verein vom Dorf und hatte hier viele Freunde, mit denen er gerne im Wald verstecken spielte oder Fahrrad fuhr. Die ganze Umgebung hatten sie schon erkundet und auch auf dem Galgenberg (den gab es wirklich) in der Nähe des Dorfes hatten sie schon gezeltet. Angst hätte also keiner von denen. Heute wusste man, dass sich beim Bau des Schlosses auch Diebe und Räuber unter das Volk gemischt hatten. Diese hatten den König und auch Leute vom Dorf bestohlen. Sobald einer auf frischer Tat geschnappt wurde, hatte der König mit dem Halunken kurzen Prozess gemacht, und um weitere Räuber abzuschrecken, kamen diese auf den Galgenberg. Von da aus bekamen sie einen letzten Blick auf das schöne Land. Heute gab es einen Marienweg, der rund um das Dorf führte, aber viele Leute kannten die einzelnen Orte, an denen kleine Marterl standen, nicht mehr. Marterl sind kleine Gedenktafeln, in denen steht, was an dem Ort eines Tages passierte.

Lara wusste, dass Franz kein Angsthase war und sie sich auf ihn verlassen konnte. Schon als Dreijähriger ging er im Winter alleine zum Schlittenberg von Baumberg ganz nach oben, am Hang entlang zu der steilen Stelle, um im Tiefschnee mit seinem Schlitten den Abhang hinunterzufahren. Der Schnee ging ihm damals bis zum Hals, aber er gab nicht auf und zog den Schlitten hinter sich her, so schwer es auch war. Franz hatte einen starken Willen, das hatte sein Papa schon immer gesagt. Sein Name bedeutete auch frei und kühn. Das wussten seine Elter damals, als sie ihn tauften, aber nicht. Der Patenonkel von Franz hatte das mal gelesen und dann seinen Eltern und Franz erzählt.

Es stimmte, Franz ließ sich nicht kommandieren oder einschüchtern. Er wollte Lara überreden, seinen besten Freund Jonas mitnehmen zu dürfen. Auch Lara war in dem Verein, aber bei den Schützen. Sie hatte auch viele Freunde und Freundinnen, die sich gerne auf Abenteuer stürzen würden. Aber würden die ihnen glauben ?

Kathi, ihre beste Freundin, hatte Angst vor Spinnen, schon beim kleinsten Weberknecht, der am Boden krabbelte, sprang sie aus dem Stand auf den Tisch.

Ihr kennt doch einen Weberknecht, oder? Das sind die Spinnen mit den ganz dünnen Beinen und dem kleinen Körper in der Mitte. Der Weberknecht ist sozusagen die Müllabfuhr von den Spinnen. Er ernährt sich nur von toten Insekten. Also tut er keiner lebenden Fliege was. Schon gar nicht Kathi. Da schaute es bei Meggi, auch eine Freundin von Lara, anders aus. Ihre Eltern hatten einen Pferdehof und hier fühlten sich Spinnen wohl. Bei Pferden sind oft Fliegen und wo Fliegen sind, sind auch … ja, darum hatte Meggi keine Angst vor Spinnen oder großen Tieren. Sie war ein echtes Dorfkind. Ihre Mutter Monika hatte den Pferdehof von ihren Eltern übernommen und später Peter, den Vater von Meggi, geheiratet. Meggi war von klein auf mit Tieren und Insekten zusammen gewesen. Lara war gerne mit Meggi unterwegs, denn Meggi war die Stärkste im Dorf. So wie Pippi Langstrumpf hatte sie auch zwei Zöpfe und rote Haare.

Aber wen sollten die beiden mitnehmen? Nur ihre besten Freunde, dann wären die anderen beleidigt oder sauer. Also hatten sie sich darauf geeinigt, dass niemand etwas davon erfahren sollte. Morgen, nach der Schule, ging es zu dem alten Bauernhof, nur Lara und Franz. Jetzt schmiedeten sie einen Plan, was sie alles mitnehmen wollten. Taschenlampen und jeder was zu essen, aber die Eltern dürfen nichts erfahren, das schworen sich beide.

Plötzlich öffnete sich die Tür vom Zimmer und Tanja steht vor ihnen. Beide, voll erschrocken, schauten zur Tür.

Mama Tanja zeigte auf die Uhr an der Wand. „Jetzt ist es schon 20:00 Uhr. Ihr solltet jetzt Zähne putzen und dann ab ins Bett. Morgen ist wieder Schule angesagt, hopp hopp."

Am Morgen erzählte Franz seinen Traum, wie er im Schloss von dem König und der Königin war. Auch Ottfried und die Kinder kamen vor. Er ritt auf einem schwarzen Pferd durch die blühenden Wiesen und seine Freunde und die Königsfamilie waren auch dabei. Sie gingen auf die Jagd, alle waren mit einer Armbrust ausgerüstet, so wie im Film von Aschenputtel und den drei Haselnüssen. So hatte Franz das geträumt.

Auch Lara hatte einen Traum und der war ähnlich, wie sie es erlebt hatte: mit dem Fahrrad durchs Dorf zu dem alten Bauernhof. Im Traum war sie aber im Wohnhaus und da schaute es aus wie in einem Schloss. Große Zimmer mit großen Fenstern. Es gab sogar ein Tischlein deck dich wie im Schloss Linderhof vom König Ludwig dem II. Im Hof sind Pfaue gelaufen, einer schlug sogar ein Rad. Kennt ihr das Tischlein deck dich oder ein Rad vom Pfau?

Lara erzählte auch von den Leuten in den Räumen unter der Erde.

„Jetzt aber Schluss“, sagte Tanja zu den Kindern. „Ihr müsst euch fertig machen der Bus kommt in 15 Minuten.“

Schnell zogen sich die beiden an und gingen aus dem Haus.

Kapitel 4
Die Begegnung

Am nächsten Tag mussten beide wieder in die Schule. Nicht zur Freude der Kinder. Doch um 14 Uhr waren sie wieder zuhause. Beide hatten die ganze Zeit nur an das Bauernhaus gedacht und konnten sich auf nichts anderes mehr konzentrieren. Jeder machte seine Hausaufgaben so schnell er konnte, denn jede Minute zählte. Sie wollten so viele Räume wie möglich unter der Erde erkunden, genauso, wie sie es gestern vor dem Schlafengehen ausgemacht hatten. Zum Glück ließ der Regen heute nach und es wurde ein schöner sonniger Tag. Aber da die Räume unter der Erde lagen, nahmen Lara und Franz noch zwei Taschenlampen und jeder noch eine Breze mit, bevor sie losfuhren.

Gefühlt fuhren sie so schnell wie der Wind. Am alten Bauernhof angekommen stellten sie ihre Fahrräder vor der Hofeinfahrt ab. Franz hatte seine Breze schon während der Fahrt gegessen. Die zwei betraten das Anwesen, Lara ging voraus in den Schuppen und die Treppe hinunter.

Dort stand auch noch die Leiter, die sie gestern nach oben gezogen hatte. Diese zeigte sie Franz und er begriff, dass seine Schwester die Wahrheit erzählte. Das Loch, in das sie gestern gestürzt war, hatten beide gleich gesehen, es war ziemlich groß. Vorsichtig leuchteten beide mit ihren Taschenlampen in das Loch nach unten man konnte den Holzboden eines Raumes erkennen.

Sie nahmen die Leiter und ließen diese durch das Loch in den Raum nach unten gleiten.

Franz flüsterte zu Lara: „Geh du vor. Nicht, dass ich Angst hätte. Aber du kennst dich ja schon aus.“

Auch wenn er das Gegenteil sagte, der Bruder hatte jetzt doch ein wenig Angst bekommen. So stieg Lara die Leiter leise runter und Franz folgte ihr.

Der Junge leuchtete den Raum mit seiner Taschenlampe ab. Er entdeckte neben vielen Spinnennetzen eine alte, silberne Ritterrüstung in einer Ecke. Lara leuchtete mit ihrer Taschenlampe den Boden ab, denn sie suchte die Luke. die Ottfried am Tag zuvor geöffnet hatte.

Und tatsächlich: Die Luke war noch offen.

Das Mädchen erklärte ihrem Bruder, dass hier Ottfried hochgekommen war, als sie so laut um Hilfe geschrien hatte.

Sie leuchteten wieder in einen Raum unter ihnen, man konnte eindeutig den grünen, runden Raum erkennen.

Schließlich ließen sie die Leiter ein weiteres Mal runter und Lara ging mal wieder voran. Franz war leise und folgte ihr vorsichtig.

Beide waren leise, da sie Angst hatten. Sie wussten ja nicht, was heute auf sie zukommen würde. Sie öffneten die Tür zu dem Flur, in dem Lara gestern war. Jetzt hörte man Kinder und Leute reden. Auch hier leuchtete Franz wieder alles mit seiner Taschenlampe ab, die Geschwister wollten ja alles genau betrachten. Einmal nach links, einmal nach rechts, dann an die Decke und den Fußboden entlang. Man konnte erkennen, dass dies ein langer Gang war, mit gelben Wänden und einem dunklen Holzboden. Nach links ging eine große Treppe runter, und wenn man im Gang nach rechts schaute, war auf einer Seite eine große Treppe nach oben. Diese hatte Lara gestern nicht gesehen, denn sie war den Gang nach rechts bis zum Ende gegangen.

Dort war der große Raum, wo alle drin waren. Wie sie es gestern Franz erzählt hatte. Beide leuchteten mit ihren Taschenlampen wild umher, denn sie wollten ja alles genau betrachten. Vom Licht der Taschenlampen angelockt, kamen die Kinder in den Flur gerannt. Sie wollten wissen, was da los war. Als die Mädchen und Jungen Lara und Franz mit ihren Taschenlampen entdeckten, schrien sie wild durcheinander. Diese Kinder kannten keine Taschenlampen und sie hatten Angst vor den beiden, denn sie sahen nur ihre Schatten. Bevor Lara etwas sagen konnte, waren alle Kinder in den großen Raum gerannt, in dem sie gestern mit dem König gewesen war. Sie schlossen die Tür hinter sich.

Die Geschwister standen regungslos da, als plötzlich Franz etwas fragte: „Du, war Ottfried bei diesen Kindern dabei?“

„Nein“, sagte Lara und begann nach ihm zu rufen: „Ottfried! Ottfried! Ottfr…“

Und ehe sie seinen Namen das dritte Mal aussprechen konnte, öffnete sich die Tür, durch die die Kinder gekommen waren. Ein kleiner Junge mit pechschwarzem Haar schaute ängstlich hinter der Tür hervor.

„Suchet ihr Ottfried?“, fragte er.

„Ja“, sagten beide gleichzeitig. Der Junge kicherte.

„Ich bin sein Bruder Friedrich. Wieso suchet ihr min Bruder Ottfried?“

„Gestern war ich schon mal bei euch, und jetzt wollte ich mit meinem Bruder zu Ottfried und den anderen, die hier noch sind“, erklärte Lara.

„Kommet mit. Ich werde eich zu ihm bringe.“ Und somit ging der Junge vor.

Die Geschwister folgten ihm eine Treppe hinauf und mit den Taschenlampen schauten sie sich wieder alles an. Die Stufen knacksten und an der Wand hingen gelbe Tücher runter, so, als wollten diese etwas verstecken. Gerade, als Franz dahinterschauen wollte, öffnete Friedrich die Tür am Ende der Treppe.

Mit großen Augen schauten der Bruder und die Schwester in das Zimmerchen rein. Drei Fackeln hingen an den Wänden und beleuchteten den Raum. Also schalteten die zwei ihre Taschenlampen aus. Ein dunkelbrauner Tisch war in der Mitte des Zimmers und fünf Stühle waren drumherum.

Es war ein bisschen düster, also nahm Franz die Hand von Lara und drückte diese ganz fest. Langsam bekam er Angst. Und auf einmal fiel die Tür hinter ihnen zu. Und

Friedrich lachte: „Haha. Jetzt seid ihr bei mir gefange, aber ich lassen eich bloß wieder frei, wenn ihr mir eire Lichter gebet."

„Das … das sind Taschenlampen. Weißt du das denn nicht?", stotterte Franz.

Und Lara fügte hinzu: „Wir werden sie dir nicht geben. Die brauchen wir und die gehören unseren Eltern. Lass uns bitte wieder gehen."

„Nein! Ihr gehöret jetzt mir. Nur mir!", sagte der kleine Junge.

Lara entdeckte eine Tür hinter Friedrich und sie wusste, das war ihre Rettung. Sie guckte zu Franz, auch er hatte die Tür entdeckt. Lara zählte leise bis drei und dann rannten beide so schnell sie konnten zu der Tür. Währenddessen war der kleine Junge so entsetzt, dass die Kinder so schlau waren und um ihn herum davonliefen. Als Lara die Tür aufriss, schaute ihr Ottfried verwirrt entgegen.

„Ottfried!" , rief das Mädchen lächelnd. „Da bist du ja! Wir hatten solche Angst! Dein Bruder Friedrich wollte uns einfangen und uns die Lampen wegnehmen."

„Was? Das kann ich mir nicht vorstellen. Friedrich isset ein anständiger Junge."

Ottfried trat in den Raum und sah sofort, dass das hier drin nicht Friedrich war. Er sagte: „Rochus, du Bösewicht, du hast diese biden sehr erschrecket, tuet das nie wieder."

Lara und Franz machten ihre Taschenlampen wieder an und gingen mit Ottfried die Treppe runter zu dem großen Raum, in dem sie gestern mit dem König gesprochen hatte. Die Kinder, die vorher weggerannt waren, kamen zurück und standen hinter Ottfried. Jetzt erkannten sie Lara wieder und rannten zu den beiden in den Flur. Sie bewunderten die Taschenlampen , so etwas hatten sie noch nie gesehen. Sie schauten auch zu ihrem Bruder Franz.

Jetzt kamen wieder die Fragen.

„Wer seid ihr ? Woher kommet ihr? Was ist das?“ Damit meinten sie die Taschenlampen .

Ottfried nahm Lara an der Hand und führte sie in den großen Raum.

Franz ging den beiden nach. Wie gestern saßen viele Leute um den großen langen Tisch, nur der König war nicht an seinem Platz.

Franz leuchtete wieder mit seiner Taschenlampe den großen Raum aus. Jetzt konnte man erkennen, dass dies ein großer Saal war. Er war riesig mit einem großen Kronleuchter an der Decke und an der anderen Seite noch einer. Es waren auch noch mehrere Tische und Stühle darin, jedoch saßen alle nur an dem einem neben der Tür. Der Raum war mit Fackeln beleuchtet.

Er war sehr hell, da viele Spiegel an den Wänden hingen, die das Licht reflektierten. Die Leute fingen an, Fragen zu stellen ... „Wer seid Ihr? Was habet ihr in der Hand? Woher kommet ihr?„ Wieder hörte man Sätze wie Geist oder Zauber von den Leuten.

Franz versteckte sich hinter Lara und Ottfried. Lara fing an, die Fragen zu beantworten, da wurde es plötzlich still im Raum. Nur Lara redete ... Auf einmal schauten alle zu der Tür, nur Lara redete weiter zu den Leuten.

Jetzt kam der König zur Tür herein ... Franz leuchtete ihm mit der Taschenlampe mitten ins Gesicht. Das mochte der König gar nicht, er schrie: „Mach das weg! Raus aus meinem Gesicht!“

Franz ließ erschrocken die Taschenlampe fallen. Sofort schnappte sich eines der Kinder die Lampe und rannte damit davon.

Der König erkannte Lara und lächelte. „Lara, du bist wieder da, sei gegrüßt. Warum bist du gestern so schnell weggerannt? Und wer ist der Junge neben dir?“

Lara wollte gerade anfangen zu reden, da begann Franz:

„Ich bin Franz, der Bruder von Lara, und Sie sind bestimmt der König, stimmt‘s?“

Die Leute und Kinder im Raum lachten.

„So, so, du bist Franz, der Bruder“, erwiderte der König. „Ich bin König Arthur, König von ...“

Franz fiel dem König ins Wort und sagte: „… von Bayern“

„Ja, dem ist wohl so“, so der König.

Da nur Lara noch eine Taschenlampe hatte, leuchtete sie in den Raum, in dem sie gerade waren. Alle staunten, was man mit dem Ding machen konnte und was man hier alles sah. Es standen noch große Kommoden und Schränke im Raum. An einer Wand war ein Kamin, auf dem noch Kerzenleuchter standen. Gegenüber waren Fenster, die schon eingebrochen waren, Erde drückte sich in den Raum. Alle Erwachsenen und die Kinder liefen dem Lichtstrahl hinterher und bewunderten den Raum, den sie vorher nie so gesehen hatten. Jetzt begannen sie wieder laut durcheinanderzureden, auch die Kinder hatten ihre Freude daran, den Saal in seiner ganzen Größe zu sehen. Die Decke war bemalt und alle staunten, als Lara mit der Taschenlampe dorthin leuchtete. Auch den Kamin, der im Saal war, sahen sie im Licht der Taschenlampe. So gingen sie mit den Leuten noch in einen weiteren Raum und leuchteten diesen mit der Taschenlampe aus. Hier lagen die Schränke noch am Boden und an den Wänden hingen kaputte Bilder. Ein zerbrochener Spiegel lag am Boden, jedoch hinderte das die Leute, die immer noch barfuß rum liefen, nicht, das Zimmer zu betreten. Wie durch ein Wunder verletzte sich niemand. Jetzt hatten Franz und Lara keine Angst mehr und trauten sich mehr und mehr, mit den Leuten noch in weitere Zimmer zu gehen. Sie zeigten ihnen auch, wo sie schliefen. Alles war so interessant und aufregend, es war das Abenteuer ihres Lebens. Die Zeit verging und die beiden wollten wieder nach oben. Ottfried war immer dabei. Jetzt hielt er sich nicht mehr zurück und meinte: „Nehmet mich mit, ich will mit eich geha." Er fragte Arthur, den König, ob er mit nach oben dürfe, er würde sich nicht fürchten und auch wiederkommen.

Lara rief in die Menge: „Ich werde gut auf ihn aufpassen, versprochen."

Sie einigten sich darauf, dass jetzt nur Ottfried mit den beiden mitgehen würd. Das Kind, das die Taschenlampe von Franz mitgenommen hatte, war immer noch nicht da, so gingen sie nur mit der einen von Lara zurück nach oben. Für Ottfried begann ein Abenteuer, das er nie vergessen würde. Er ging in eine für ihn neue unbekannte Welt.

Kapitel 5
Ein schöner Tag für Ottfried

Nachdem Lara und Franz dem König begegnet waren und dieser mit den beiden geredet hatte, entschloss sich Ottfried, mit den beiden mitzugehen ...

Die anderen Leute, die Kinder und der König, waren sich einig, dass sie erst einmal hierbleiben und darauf warten würden, was Ottfried zu erzählen hatte, wenn er wieder zurückkommen würde.

Die drei gingen den Weg zurück zu dem runden Zimmer und dann die Leiter hoch in den Dachboden. Hier sah man wieder das Loch, durch das die beiden gekommen waren. Lara leuchtete mit ihrer Taschenlampe nach oben und sie stiegen die Leiter hoch. Erst Lara, dann Franz, dann Ottfried.

Oben angekommen bemerkten sie, dass es schon dunkel und bestimmt auch schon spät war. Sie gingen aus dem halb versunkenen Stall in den Hof zu ihren Fahrrädern.

Ottfried zögerte, denn er kannte das alles nicht.

Franz packte sein Fahrrad, setzte sich darauf und fuhr los. Ottfried stand da mit offenem Mund und großen Augen. Er sagte: „Was machet ihr da? Was seied dies?“

Sowas hatte er noch nie gesehen.

Lara sagte: „Das ist sein Fahrrad, wir fahren jetzt zu uns heim.“

Ottfried stand da und sah sich um. Gegenüber von der Hofeinfahrt war eine grüne Wiese mit Löwenzahn, der noch gelb blühte. An der Einfahrt wuchsen Rosen und Sträucher, auch große Bäume waren auf dem Grundstück. All das war neu für Ottfried. Vögel, die zwitscherten, das kannte er nicht.

Lara meinte: „Komm, wir fahren zu uns nach Hause."

Aber Ottfried stand nur da und schaute sich um.

Plötzlich fuhr ein Auto die Straße entlang an dem Anwesen vorbei.

Ottfried fing an zu schreien: „Hilfe, Hilfe!" und rannte zurück in den Stadel, die Treppen hinunter in den Keller.

Lara lief ihm nach und meinte: „Du brauchst keine Angst zu haben, das war nur ein Auto, das tut dir nichts."

Ottfried zögerte. „Ganz bestimmt nicht?"

„Ganz bestimmt nicht", meinte Lara. „Das ist nur ein Auto, das haben wir alle, damit fahren wir umher."

Die beiden gingen die Treppe wieder hoch. Da kam Franz zurück. „Wo bleibt ihr denn?"

Lara erklärte Franz den Vorfall mit dem Auto und dass Ottfried etwas mehr Zeit braucht, da alles neu für ihn sei.

Jetzt machten sie sich auf den Weg nach Hause, Lara schob ihr Fahrrad, Ottfried ging nebenher.

Franz fuhr schon mal vor, um den Eltern zu sagen, dass seine Schwester und Ottfried gleich kommen würden.

Der Weg führte durch das Dorf, die Familie wohnte am anderen Ende. Sie kannte fast alle Bewohner von dem Dorf und es waren auch noch welche in ihren Gärten oder vor dem Haus. Lara grüßte die Leute, die auch zurück grüßten, denn das ist üblich in einem kleinen Dorf, wo jeder jeden kennt. Jedoch schauten alle etwas skeptisch zu Ottfried – denn er war ja mittelalterlich gekleidet. Das passte nicht in die Zeit von heute, doch Ottfried grüßte die Leute auch zurück. Als die beiden zuhause angekommen waren, standen ihre Eltern schon vor der Tür, sie waren auf Ottfried sehr gespannt, denn sie glaubten die Geschichte immer noch nicht. Mutter Tanja fing gleich an: „Ja, wo habt ihr denn diese alten Klamotten her? Das ist ja großartig, so was findet man auf keinem Flohmarkt mehr."

Ottfried schaute Laras Mutter und ihren Vater an, machte einen Knicks und stellte sich vor. „Ich sei Ottfried."

Lara meinte gleich hinterher: „Ja, das ist Ottfried. Hab euch doch von ihm erzählt."

Laras Mutter sagte: „Ich bin Tanja und das ist mein Mann Hermann."

Die Eltern schauten sich an, denn beide hatten bemerkt, dass diese Aussprache nicht von hier sein konnte. Sie sagten: „Das ist großartig, wo kommst du her?"

Ottfried zuckte mit den Schultern und schaute zu Lara. Die fing wieder an: „Ich hatte euch doch von dem Raum unter dem alten Bauernhaus erzählt."

Ihre Eltern meinten: „Jetzt kommt erst mal rein."

Ottfried schaute sich alles genau an, so ein Haus kannte er nicht. Jetzt knipste Lara das Licht im Flur an.

Ottfried begann zu lachen. „Wie gehet dies, wie kommet das Feuer oben hin?"

Er ging zu dem Schalter und knipste ein, aus, ein, aus ein, aus,

Vater Hermann meinte: „Jetzt ist Schluss mit dem Theater – ihr könnt wieder normal sein."

Jedoch verstand Ottfried das nicht, für ihn war das alles neu. Er schaute mit seinen weit geöffneten Augen alles genau an. Sie gingen in das Wohnzimmer, wo Franz schon den Fernseher angemacht hatte, es liefen gerade Nachrichten. Ottfried ging zum Fernseher schaute hinter und unter den Fernseher und fragte: „Wieso sind die Leute da drinnen? Wie kommet die da wieder aussa?"

Die Eltern lachten.

Lara sagte nochmal: „Das ist Ottfried aus dem Raum unter dem alten Bauernhaus. Der kennt das nicht! Und wie ihr hört, spricht er nicht ganz unsere Sprache. Die da unten sprechen alle so."

Tanja fragte Ottfried, ob er noch Geschwister habe und wer seine Eltern seien. Da begann Ottfried zu erzählen: „Ich habet da nocha zwei Schwesterln und ine Bruder die je kleiner sind alse iche. Meine Vater seie seine Hoheit König Arthur ..."

Jetzt bekam auch Lara große Augen, das wusste sie nicht.

Seine Mutter heiße Sophie die Zweite. Ottfried erzählte weiter, dass in den Räumen, in denen sich die Leute aufhalten, es noch den Herrn Sekretär mit seiner Frau und seinen Kindern gibt. Dann noch einige Cousins und Cousinen mit ihren Kindern.

Jetzt hatten auch die Eltern bemerkt, dass die Erzählung von Lara wahr sein könnte. Ottfried fühlte sich wohl, denn hier war alles sauber und auch die Couch, auf der er saß, war sehr weich. Das Glas Wasser, das Tanja ihm gab, leerte er in einem Zug. Er war sehr neugierig und wollte alles sehen.

So gingen sie in jedes Zimmer, sogar in den Keller, und Ottfried kam aus dem Staunen nicht mehr raus. Die Poster von der Rockband Queen an den Wänden von Franz' Zimmer hatten es Ottfried besonders angetan. Franz hatte sich die Platten von seinem Papa oft angehört und war jetzt auch ein riesen Fan von Queen. Wie es schien, war Ottfried auch von Freddy Mercury angetan. Er glaubte, dass Freddy auf dem Poster mit seinem Umhang und der Krone auch ein König sei. Viele dieser Dinge kannte er nicht und die ganze Familie hatte ihren Spaß. Für sie waren es die täglichen Dinge des Lebens, für Ottfried aber war alles neu.

Jetzt war es schon spät und Hermann fragte Ottfried, ob er nach Hause möchte. Er würde ihn Heim bringen...

Ottfried wollte erst nicht, doch dann nickte er und sagte leise: „Ich werde wohl gehe müsse, aber ich mechtet wiederkemma."

Lara, ihr Vater und Ottfried gingen zum Auto und öffneten die Tür, jedoch wollte Ottfried da nicht einsteigen, er kannte so etwas wie ein Auto nicht. Er hatte immer noch Angst vor diesem Etwas ...

Nun gingen die drei durch das Dorf zu dem Anwesen, wo der Rest von Ottfrieds Familie war. Da es schon Nacht war, nahmen sie Taschenlampen mit. Eine gaben sie Ottfried, nachdem sie ihm gezeigt hatte wie sie funktionierte.

Am alten Bauernhof angekommen standen die drei da und wussten nicht, wie sie sich verabschieden sollten. Sollte Ottfried allein gehen? Oder sollten Lara und ihr Vater mit?

Nach kurzem hin und her sagte Hermann: „Wir gehen zusammen. Ich möchte sehen, was du uns erzählt hast.“

Nun gingen die drei die Treppen runter in den Raum, wo das Loch war. Sie leuchteten in den Raum und man konnte wieder den Boden des Raumes erkennen, der darunter war.

Hermann war erstaunt, dass es den Raum wirklich gab.

Jetzt ließen sie die Leiter runter und gingen den gleichen Weg wie Lara vor zwei Tagen.

Sie leuchteten mit ihren Taschenlampen wieder wild herum, auch redeten sie sehr laut, sodass die Leute, die noch unten waren, die drei hören konnten, und es kam ihnen auch jemand mit einer Fackel entgegen.

Hermann war erstaunt. Niemand hatte je etwas von den Menschen, die hier lebten, gehört oder gewusst. Jetzt begriff er, dass Lara keine Geschichte erfunden hatte und dass das Märchen oder die Geschichte von dem versunkenen Schloss in dieser Gegend wahr sein könnte. Er sah die Bilder am Gang und erkannte, dass diese nur in einem Schloss hängen konnten. Der Mann der ihnen entgegenkam, war König Arthur, Vater von Ottfried. Er freute sich, Ottfried und Lara wiederzusehen, und lächelte. Jetzt sah er auch Laras Vater und begrüßte ihn.

„Seied gegrüßed, min Herr. Ich bin König Arthur. Wer seied Ihr?“

„Ich bin Herrmann, der Vater von Lara und Franz. Ich freue mich, Sie kennenzulernen. Wir bringen Ihnen Ottfried zurück. Er hat uns viel von Ihnen da unten erzählt. Ich habe es erst nicht geglaubt, dass hier Leute wohnen, und wollte mich selbst davon überzeugen. Meine Kinder

Franz und Lara haben Sie entdeckt. Das wird eine Sensation.“ Hermann kam aus dem Staunen gar nicht mehr raus. Ihm ging es jetzt wie Ottfried, als er bei ihnen zuhause war.

Er leuchtete mit seiner Taschenlampe in jede Ecke. Im Hintergrund sah er noch Leute, die sich versteckt hielten, da sie immer noch schüchtern waren und dem ganzen nicht trauten. Ottfried lief zu seinem Vater und erzählte ihm, was er gesehen hatte. Dass alles schön war und weich und hell. Er zeigte ihm auch sein neues Sweatshirt, das er von Franz bekommen hatte. Jetzt wurde es laut und die Kinder waren bei Ottfried und Lara. Alle zupften jetzt an dem Sweatshirt von Ottfried. Hermann sah sich noch ein wenig um und sagte zu den Leuten: „Ihr müsst hier raus, nach oben an die frische Luft. Hier kann man doch nicht leben.“

Das verstanden die Leute aber nicht. Hermann sprach zu Arthur, dass er morgen wiederkommen und alle, die hier wohnten, mit nach oben in das schöne Dorf nehmen wollte. Es wird eine Sensation und unser Dorf wird berühmt, dachte sich Hermann. Lara war neben Ottfried und meinte auch: „Morgen holen wir euch nach oben. Aber jetzt müssen wir wieder gehen. Es ist schon spät und heute können wir nichts mehr machen.“

Sie nahm Papas Hand und so gingen sie den Gang entlang zurück. Jetzt liefen die Leute zu Ottfried und fingen an, ihm Fragen zu stellen. Das hörten die beiden noch, als sie die Leiter zu dem alten Stall hochgingen. Hermann redete mit sich selbst, er konnte das alles nicht glauben. „Hier, in unserem Dorf, ein Schloss unter der Erde? Leute, die darin wohnen und niemand hat das bemerkt?“ Den ganzen Weg nach Hause redete er mit sich selbst. Lara ging nur nebenher.

Daheim erzählte er Tanja, was er gesehen hatte und dass es unglaublich war was es hier im Dorf gab. Tanja, die Mutter, war schon gespannt, was es zu erzählen gab. Jedoch mussten die Kinder am nächsten Tag in die Schule und jetzt war es schon sehr spät, daher schickt sie beide ins Bad zum Zähneputzen und dann ab ins Bett. Wie sollte Hermann die Leute da rausholen und wie ging es dann weiter? Diese Fragen stellten sich beide.

Kapitel 6
Hermann kommt mit der Feuerwehr

Nachdem Lara und Franz mit Ottfried, dem Sohn des Königs, bei sich zuhause gewesen waren und ihre Eltern jetzt die Geschichte von Lara glaubten, hatten Hermann und Lara den Prinzen wieder zurück zu den anderen gebracht.

An dem Abend versprach Hermann dem König, dass er am nächsten Tag wiederkommen und alle nach oben bringen werde.

Die halbe Nacht hatte die Familie noch am Küchentisch gesessen und über die letzten Tage und die Ereignisse, die sich ergeben hatten, geredet. Sie fragten sich immer wieder, warum niemand in den Jahren davor etwas bemerkt hatte.

Die Kinder gingen zu Bett, doch die Eltern saßen noch lange am Tisch und überlegten, ob das richtig war, was sie da machten. Man hatte ja schon von vielen Sachen gehört, die Menschen könnten ja auch böse oder krank sein. Vielleicht war das ja nur ein Versteck von Räubern und alles, was Hermann gesehen hatte, war geklaut. Jetzt lief es Hermann kalt den Rücken runter. Wohlmöglich hatte er eine Bande von Räubern gesehen und die würden morgen nicht mehr da sein oder auf ihn lauern. Tanja hatte da eine andere Meinung, nämlich, dass es Höhlenmenschen seien, die unter der Erde lebten. Es waren ja auch Ottfried oder mehrere Kinder unter ihnen, also warum sollten sie böse sein? Von einer Räuberbande in unserer Gegend hatte sie nie etwas gehört. Es wäre im Dorf aufgefallen, wenn jemand in dem alten Bauernhaus rein und rausgegangen wäre. Hier würde man mehr Spuren sehen, meinte Tanja.

Ob sie das jemanden erzählen sollten? Vielleicht würde ihnen keiner glauben, sie hielten es ja auch für ein Märchen. Jetzt könnte das Märchen wahr werden.

Hermann entschloss sich, den nächsten Tag von der Arbeit freizunehmen. Beide konnten diese Nacht kaum schlafen. Den Kindern ging es ebenso. Diesmal ging Franz zu Lara ins Zimmer und die zwei redeten auch über das, was geschehen war, so lange, bis sie einschliefen. Das bekamen die Eltern aber nicht mit.

Um 06:30 Uhr läutete der Wecker. Mutter Tanja stand auf und weckte die Kinder. Jetzt erst sah sie, dass Franz im Zimmer von Lara war.

Die zwei mussten in die Schule, gerade heute, wo Papa die Leute aus dem Schloss nach oben holte. Beide wollten zuhause bleiben und mit Papa mitgehen. Immer wieder redeten sie auf Mama ein, doch die blieb hart und schickte die zwei zum Bus. Als die Kinder außer Haus waren, saßen beide mit einer Tasse Kaffee am Küchentisch und überlegten, ob sie jemandem Bescheid sagen sollten. Sie entschlossen sich, den Kommandanten der Feuerwehr, einen guten Bekannten der Familie, anzurufen, um ihm die Situation der letzten Tage zu schildern.

Als dieser das hörte, konnte er Hermann mit seiner Erzählung nicht verstehen. Immer wieder wiederholte er, das alte Anwesen sei eingestürzt und es seien Leute drin, die jetzt gerettet werden mussten. Hermann versuchte Tobi, so war der Name des Kommandanten, zu erklären, dass es sich nicht um eine Rettung handle, doch es war zu spät. Tobi drückte den Knopf für die Sirene und legte auf. Diese hörte man nun im ganzen Dorf und auch in den Dörfern rund herum heulten die Sirenen.

So schnell es ging, schlüpften die beiden in ihre Schuhe und fuhren mit dem Auto zu dem alten Bauernhaus.

Man konnte im ganzen Dorf schon die Blaulichter sehen und auch das Tatütata hören. Beim Haus angekommen rannten die beiden zu Tobi, dem Kommandanten der Feuerwehr, um die Sache nochmals aufzuklären.

Hier waren schon Feuerwehrmänner im Haupthaus und suchten nach Verschütteten. Hermann erzählte nochmal, wo er gestern Abend gewesen war, und zeigte den Feuerwehrleuten den Stall mit der Treppe, die in einen Raum führte.

Jetzt nahmen sie viele Lichter und Leitern mit und gingen die Treppe runter in den Raum. Sie leuchteten alles aus und stiegen in den Raum, in den Lara vor einigen Tagen gefallen war. Hermann war mit dabei denn er kannte ja den Weg. Von diesem Raum ging es durch die Luke in das grüne Zimmer darunter.

Die Feuerwehrleute hatten ihre gesamte Ausrüstung mit dabei und leuchteten jeden Raum sehr gut aus. Man konnte jetzt noch viel mehr sehen als davor nur mit der Taschenlampe. Das Licht schien wie am hellichten Tag.

Die Truppe war so laut, dass die Leute, die da unten wohnten, in den Gang liefen und laut durcheinander schrien. Die Männer waren in ihren Feuerwehranzügen und schauten für die Leute sehr fremd und gespenstisch aus. Erst als Hermann hervor ging und den König rief, beruhigten sich die Leute wieder. Hermann erklärte, dass sie sich nicht fürchten müssen. Jetzt kam Ottfried zu Hermann, die beiden fielen sich in die Arme. Die Feuerwehrmänner staunten ebenfalls. Keiner von ihnen hatte je so eine Situation erlebt. Sie leuchteten alles aus und halfen, einen nach den anderen an die Oberfläche zu bringen. In der Zwischenzeit war das halbe Dorf zu dem alten Anwesen gekommen, um zu schauen, was da los war. Als sie sahen, dass die Feuerwehr Leute nach oben brachte, begannen sie zu applaudieren, ohne zu wissen, woher die Leute kamen.

Herrmann und seine Frau Tanja gingen zu König Arthur und fragten, ob alle oben waren. Dabei stellten sie ihrem Freund Tobi den König vor. Der König sah sich um und meinte, dass alle oben seien. Die Leute, die eben noch im Dunklen gewesen waren, standen da und staunten, was es hier alles gab. Es war ein schöner sonniger Vormittag. Die Wiese gegenüber, die Bäume, Häuser und die Vögel, all das hatten die Leute noch nie gesehen. Sie hielten sich die Hände vors Gesicht, damit die Sonne nicht so blendete. Leute vom Dorf begannen zu fragen, woher die Menschen kamen. Keiner ahnte, dass sie aus einem Schloss kamen, das hier unter den Erde lag, und dass auch noch ein König dabei war. Man konnte an der Kleidung erkennen, dass die nicht von hier bzw. von ihrer Zeit waren. Teilweise waren die Kleidungsstücke schon sehr kaputt. Tobi, der Kommandant, meinte: „Als erstes gehen wir mit denen zum Feuerwehrhaus. Hier können sie sich waschen und wir haben noch von der letzten Kleidersammlung etwas da."

Hermann begann in der Zeit, die Fragen der Dorfbewohner zu beantworten. Diese staunten sehr, als sie von den unterirdischen Räumen hörten.

Jetzt war es schon Nachmittag und Franz und Lara waren mit dem Bus von der Schule zurückgekommen. Im Bus war das schon das Gesprächsthema gewesen. Sie rannten so schnell sie konnten nach Hause. Tanja, ihre Mama, hatte das Essen schon fertig. Als die zwei die Tür aufmachten, redeten sie schon los. „Wo ist Papa? Wo ist Ottfried mit seinen Leuten? Wie geht es ihnen? Wie habt ihr die Leute nach oben geholt?“

Tanja stoppte die beiden und begann zu erzählen was heute los gewesen war.

Nach dem Essen schnappten sich die zwei ihre Fahrräder und fuhren zum Feuerwehrhaus. Dort waren schon eine Menge an Fotografen und auch vom Fernsehen waren welche da. Es war ein wildes Durcheinander. Franz konnte Ottfried sehen, er packte Laras Hand und die beiden gingen zu ihm. Er hatte ja gestern ein neues Sweatshirt von Franz bekommen, das hatte er erkannt. Jetzt sah er aus wie ein Junge vom Dorf. Nur die Haare waren noch durcheinander. Alle Leute, die aus dem versunkenen Schloss kamen, hatten schon neue Kleider bekommen, sogar König Arthur. Der stand jetzt in einer Jeans und einem Sweatshirt da. Die Reporter drängten sich nach vorne, um Fotos zu machen, und sie stellten auch viele Fragen. Wer die Leute sind und woher sie kamen. Wer sie gefunden oder befreit hatte. Hermann versuchte, so viele Fragen wie möglich zu beantworten. Da kam auch schon der Bürgermeister Hans. Jetzt redete er mit den Reportern und den Kamerateams. Hans war schon seit 25 Jahren Bürgermeister im Dorf. Er kannte die Gegend und all seine Bewohner, jedoch nicht die, die heute aus dem alten Bauernhof gekommen waren. So eine Situation hatte es im Dorf oder überhaupt auf der Welt noch nie gegeben. Hans benötigte nur ein paar Minuten, um sich einen Überblick zu verschaffen. Routiniert, wie er war, hielt er eine Rede zu allen, die hier anwesend waren. Der Kommandant besorgte Essen und Trinken, der Rest der Feuerwehrmänner baute inzwischen Bierbänke auf. Es kamen immer mehr Bewohner von dem Dorf und alle freuten sich, dass es den Leuten gut ging und dass das Märchen wohl doch wahr war. Auch die Königsfamilie und ihre Untertanen waren froh, dass es so gekommen war. So saßen sie noch alle bis in die frühen Morgenstunden zusammen und es wurde ein kleines Willkommensfest.

Kapitel 7
Das ganze Dorf ist auf den Beinen

Hermann und die Feuerwehr holten die Königsfamilie und ihre Bewohner nach oben. An diesem Tag kam das ganze Dorf zusammen und es wurde bis spät in die Nacht hinein gefeiert.

Es vergingen Wochen und Monate. Die Leute aus dem versunkenen Schloss wurden im Dorf untergebracht. In der Zeit hatte man das alte Anwesen und das darunter liegende Schloss genauer untersucht. Es wurde geprüft, ob alles, was der König sagte, stimmte und dem war so!

König Arthur war ein echter König. Seine Vorfahren, die das Schloss vor 300 Jahren gebaut hatten, waren Ludwig und seine Frau Katarina gewesen.

All seine Reichtümer waren unter der Erde im Schloss. Arthur freute sich sehr, dass man seine Vorfahren kannte, dies aber für eine Geschichte hielt.

Die kleine Gemeinde, in der das Ganze geschah, war jetzt wieder im ganzen Land bekannt, wie vor hunderten von Jahren, als sich der König hier niederließ. Das Anwesen stand jetzt nicht mehr zum Verkauf. Jetzt wurde geprüft, wem es wirklich gehörte. Da früher hier das Schloss stand, war allen klar, wer nun der neue Besitzer war. Es war König Arthur mit seiner Familie.

Laras Familie war glücklich in dem Mietshaus, in dem sie wohnten. Ottfried kam gerne zu Lara und Franz, die drei waren richtig gute Freunde geworden. Auch der König und seine Frau Sophie besuchten die Familie oft, denn ohne Lara wären sie nie nach oben gekommen. König Arthur kannte den Grund, warum Lara in den Raum gestürzt war. Und er wollte sich dafür bedanken. Hier waren sich alle einig, sie freuten sich, dass sie jetzt einen König als Freund hatten. Insgesamt waren es 27 Leute, darunter fünf Kinder, drei Jungs und zwei Mädchen. Diese Leute waren immer unter der Erde. Sie kannten keinen Tag und keine Nacht. Ebenso keinen Frühling, Sommer, Herbst und Winter. Sie hatten auch kein Geburtsdatum, keiner wusste, wie alt er war. Namen hatten alle, hier gab es noch eine Sophie, einen Wittilo, Joseph, Ludwig, Marie, Kunibert, Alexander, Sifridus, Theodor, Ferdinand, Alexandra, Josephine, Max, Paulus, Agerl, Helene, Mathilde, Charlotte, Sissi, Karl, Elisabeth, Adalbert, Gustav, Rochus und seine Schwester Ludovika. Man hatte die Leute nach ihrem Aussehen auf ihr Alter geschätzt. Auch die Kinder waren noch klein, zwischen drei und dreizehn Jahren. Ottfried schätzte man auf dreizehn Jahre. Da die Schule schon begonnen hatte, mussten auch diese Kinder in die Schule, jedoch konnten sie nicht lesen oder schreiben. Daher fingen alle ab sechs Jahren in der ersten Klasse an. Sie kannten keinen Montag oder Dienstag, all das gab es da unten nicht. Auch die älteren Leute mussten alles von neuem lernen. Die Dorfbewohner brachten ihnen schreiben und lesen bei. Für die war alles neu, ob das jetzt das grüne Gras war, eine Blume oder das Radio, das spielte. Sie mussten sich jetzt damit zurechtfinden. Viele hatten immer noch Angst vor einem Auto oder einem Motorrad. Sie konnten nicht verstehen, wie das funktionierte. Manche von ihnen meinten auch dass die Leute, die man im Fernseher sah, da drin wohnen. Es gab so vieles, was diese Leute nicht kannten.

Es gab auch lustige Geschichten, z.B. wie Kunibert eines Tages mit den Dorfbewohnern im Herbst auf ein Volksfest fuhr. Es war ein Sonntagvormittag, an dem in einem Bierzelt ein Boxkampf stattfand. Die Zuschauer kamen von weit her, um den Kampf zu sehen. Das Bierzelt war voller Menschen, die den Kampf sehen wollten. Es war so weit, die Kontrahenten wurden vorgestellt und standen sich im Ring gegenüber. Der Gong schallte und Runde 1 begann, beide gingen aufeinander zu und fingen an zu boxen. Da sprang Kunibert auf und rannte zum Ring. Er ging zwischen die beiden und schrie laut: „Aufhören, bitte aufhören, stopp, stopp!“

Die Boxer gingen auseinander, der Ringrichter unterbrach den Kampf. Die Zuschauer brüllten und pfiffen. Hermann war mit dabei und rannte sofort Kunibert hinterher in den Ring. Kunibert dachte, die beiden streiten sich, und er wollte den Streit beenden. Er kannte so was wie einen Boxkampf nicht. Die Zuschauer tobten immer noch, da die erste Runde schon unterbrochen war. Hermann begann diese zu beruhigen und erklärte ihnen, wer Kunibert war und woher er kam. Auch Kunibert begriff nun, dass das wohl so sein sollte. Nachdem sich die Zuschauer im Bierzelt wieder beruhigt hatten, ging der

Kampf weiter. Diese Geschichte erzählen sich die Leute im Dorf und in der Stadt heute noch.

Kapitel 8
Die Schatzkammer

Nach vielen Monaten, als die neuen Mitbürger im Dorf untergebracht waren, wurde es wieder zum normalen Dorf. Die Kinder gingen zur Schule und die Erwachsenen in die Arbeit oder der Bauer war auf seinem Hof beschäftigt. Es war Ruhe eingekehrt, endlich keine Reporter oder Fernsehteams im Dorf, die dumme Fragen stellten oder Fotos von den Leuten aus dem Versunkenen Schloss machten. Nur ab und zu kamen Leute von den angrenzenden Dörfern vorbei, um das alte Anwesen anzuschauen. Das war jedoch eingezäunt und wurde auch bewacht. Da viele Schätze unter der Erde lagen. Nur der König und seine Leute durften nach unten, natürlich auch Hermann, Lara und Franz, wenn es der König erlaubte. Man konnte jetzt viele Zimmer, Säle und die ehemalige Küche betreten. Die Feuerwehr hatte so weit alles gesichert, mit Leitern und Treppen versehen. Auch wurden viele Lampen installiert, sodass man jetzt alles erkennen konnte. Es muss ein prächtiges Schloss gewesen sein, überall glitzerte und funkelte es. Auch die Bilder an der Wand waren noch sehr gut erhalten. Ottfried nahm Lara und Franz oft mit, wenn er wieder in das Schloss ging. Sie machten viele Fotos und immer wieder neue Entdeckungen.

Wie eines Tages, als die drei im Schloss unterwegs waren und in einem Raum noch eine Tür hinter einem

Schrank entdeckten. Dieser war wohl, als das Schloss versank, verrutscht und genau vor der Tür stehen geblieben. Die drei hatten Taschenlampen dabei, sie schoben den Schrank zur Seite und öffneten die Tür. Es war ein dunkler Raum, Stühle, Tische und eine Kommode versperrten den Weg. Sie mussten darüber klettern. Mit ihren Taschenlampen leuchteten sie umher und kamen aus dem Staunen nicht mehr raus. Alles war mit Gold verziert. Spiegel hingen an der Wand und ließen den Raum hell erscheinen, wenn man mit der Taschenlampe darauf leuchtete.

Am Boden lagen viele Münzen oder Geldstücke herum, man konnte das mit den Taschenlampen nicht so genau erkennen. Franz nahm ein paar in die Hand und ging zurück in den Raum, der von der Feuerwehr mit Licht ausgestattet war. Jetzt konnte er gut erkennen, dass er Goldmünzen in der Hand hielt. Ottfried und Lara hatten ihre Hände ebenfalls voll und kamen zu Franz. Die drei erkannten, dass es sich hier um Schmuck und Edelsteine handelte. Sie nahmen alles mit und rannten schnell nach Hause zu ihren Eltern. Hermann und Tanja konnten nicht glauben, was sie da sahen. Gold, Edelsteine und Münzen und all das aus einem Raum, den man noch nicht kannte. Sofort fuhren sie zum König und zeigten ihm die Fundstücke. Dieser war sehr erfreut darüber.

Zusammen gingen die fünf zu Tobi, dem Feuerwehrkommandanten, und erzählten ihm von dem neuen Raum, den die Kinder entdeckt hatten. Tobi rief ein paar Feuerwehrleute zusammen und diese machten sich samt Ausrüstung sofort auf den Weg zum alten Anwesen. Alle trafen sich dort. Jetzt zeigten die Kinder den Erwachsenen den Raum, den sie vorher entdeckt hatten. Mit großen Scheinwerfern leuchteten die Feuerwehrmänner den Raum aus. Nun konnte man den Raum in seiner vollen Pracht erkennen. Es musste die Schatzkammer sein. Kronleuchter aus Gold hingen an der Decke, Truhen mit großen Eisenbeschlägen und Schlössern davor standen in dem Raum. Reich mit Gold verzierte Kommoden und Schränke standen noch an den Wänden. Alle standen mit großen Augen und offenem Mund da, niemand hatte vorher so etwas Schönes gesehen. Überall glitzerte und funkelte es, Münzen lagen am Boden verstreut herum.

„Ja, jippie, ja!“, schrie Hermann. „Wir haben sie gefunden, es ist die Schatzkammer, hier sind all das Gold und die Juwelen, hier in diesem Raum.“

„Die Schatzkammer!“, riefen die anderen hinterher. „Die Schatzkammer!“

König Arthur stand nur da und schaute sich alles in Ruhe an. Er bückte sich, hob eine Handvoll Münzen auf und gab jedem, der in dem Raum war, eine als Finderlohn und Andenken an diesen schönen Tag. Er bedankte sich nochmal bei Lara, „denn ohne sie würden wir jetzt nicht hier sein“, meinte er. Er sah am Boden eine goldene Kette mit einem Amulett dran liegen. Das hob er auf und hängte es Lara um den Hals. „Hier, mein Kind, das soll dich auf all deinen Wegen beschützen“, sagte er.

Die Leute hatten Tränen in den Augen und applaudierten. Das war ein schöner Moment.

Kapitel 9

Im Dorf spukt es

Nachdem die Schatzkammer vom Schloss entdeckt und all die Schätze nach oben gebracht worden waren, brachte man diese ins Rathaus in der Mitte des Dorfes. Es waren tausende von Goldmünzen, Juwelen, Ketten, Ringen und anderen Schmuckstücken. Sie waren von unschätzbarem Wert. Natürlich konnte das nicht unbemerkt geschehen, sofort waren wieder Reporter und Fernsehteams im Ort. Jetzt wussten wieder alle, dass es hier etwas Neues gab. Täglich kamen neue Teams aus aller Welt und berichteten über den Schatz. Das Rathaus wurde jetzt Tag und Nacht von der Polizei bewacht. Natürlich wusste jeder, dass der Schatz König Arthur gehörte. Dieser wohnte aber bei einer Familie im Dorf. Hier wollte man den Schatz nicht aufbewahren, der Familie war das nicht sicher genug, daher hatte man sich auf das Rathaus geeinigt.

Ein Großteil der Schatzkammer wurde hier ausgestellt und alle konnten den Schatz anschauen. Als das im Land und der ganzen Welt bekannt wurde, kamen auch Händler und Sammler in das Dorf, die dem König den Schatz abkaufen wollten. Leider waren auch Gauner darunter, die den König beklauen wollten. Jedoch hatte seine Hoheit schon gute Freunde im Dorf, die ihn vor diesen Gaunern warnten und schützten. Verkauft hatte er auch nichts.

So vergingen wieder Wochen und Monate und es war wieder Ruhe im Dorf. Bis es auf einmal anfing. Bei einer Familie, die einen kleinen Bauernhof hatte, verschwanden immer wieder Hühner und auch Gänse. Bei einer anderen Familie verschwand ein Fahrrad, das im Garten stand. Tags darauf kam die Besitzerin eines Pferdehofes zu Hermann und meinte, jemand von den Bewohnern aus dem Schloss hätte Pferde aus der Koppel gelassen. Hermann konnte das nicht glauben und versprach, das zu klären. Es gingen schon Gerüchte im Dorf herum, dass die Bewohner vom Schloss nachts umhergehen und ihr Unwesen im Dorf trieben. Die alten Bewohner des Dorfes hatten Angst und schlossen daher alles ab. Sogar die Hühner und Gänse wurden im Stall eingesperrt. Hermann, Lara und Franz kannten alle vom Schloss gut. Daher konnten sie nicht verstehen, dass die Bewohner vom Dorf jetzt die Leute beschuldigten. Ganz im Gegenteil, sie halfen bei jeder Gelegenheit mit, ob es im Garten war oder beim Einkauf, sie waren immer hilfsbereit. Die Leute waren nett und ehrlich, dafür würden Herman, Tanja, Lara und Franz ihre Hand ins Feuer legen.

Ein paar Tage später fuhr die Familie Wimmer aus dem Dorf mit Josef, Kunibert und Marie zum Wandern in die Berge. Sie machten gerne Urlaub in Mittenwald mit der ganzen Familie. Martin, der Sohn der Familie, war mit seinen Geschwistern Maria und Isabell schon vor gefahren und die bereiteten die Zimmer vor. Sie kamen ein paar Tage später nachts wieder zurück. Als sie ins Dorf fuhren, schrie Kunibert laut: „Schaut mal links ins Gebüsch!“ Hier saß ein Fuchs mit einem Huhn im Maul.

Am nächsten Tag erzählte das Herr Wimmer der Familie, der vor einigen Tagen Hühner und Gänse abhandengekommen waren. Jetzt war klar, dass nicht die neuen Bürger dafür verantwortlich waren. Auch das Fahrrad fand sich wieder, anscheinend hatte der Junge der Familie dies am Sportplatz stehen lassen, als es regnete. Er wurde mit einem Auto nach Hause gebracht, ließ das Fahrrad dort stehen und hatte es vergessen. Das mit der Koppel konnte man sich nicht erklären, man munkelte, der Besitzer des Pferdehofs hatte selbst vergessen, das Tor zu schließen und wollte nur einen Schuldigen dafür. All das hatte sich im Dorf schnell herumgesprochen und die Bewohner waren wieder beruhigt. Es war wieder ein friedliches Dorf und so sollte es auch bleiben.

Kapitel 10
Die Märchenhochzeit

Es war einmal …, so fangen viele Märchen an. So könnte auch dieses Kapitel anfangen, jedoch ist das eine fast wahre Geschichte und die beginnt jetzt erst richtig. Nun waren schon wieder einige Jahre vergangen und das kleine Dorf war eine Gemeinde geworden. Ein Rathaus hatte es ja schon und auch einen Bürgermeister, dieser war es heute noch. Er hieß Johann, aber alle nannten ihn nur Hans, so ist das eben in Bayern. Hans im Glück, so kann man das auch sagen, der Hans hatte das Glück gepachtet, sagten viele aus der Gemeinde. Alles, was Hans anfängt, wird was. Hans wurde schon zum vierten Mal zum Bürgermeister gewählt, die Bewohner der Gemeinde wussten, was sie an ihm hatten. Er hatte das kleine Dorf zu dem gemacht, was ein Dorf ausmacht. Dass sich die Leute untereinander kannten und, wenn Not am Mann war, auch gegenseitig halfen. Es gab immer wieder Dorf- oder Vereinsfeste, hier in Bayern nutzt man jede Gelegenheit, um etwas zu feiern. Hans war immer dabei und hielt wie immer auf jedem Fest seine Ansprache. Das Dorf war zu einer Gemeinde geworden, weil viele Leute von weit weg hergezogen waren, man hörte nur Gutes über dieses Dorf, das jetzt eine Gemeinde war.

Viele neue Bürger hatten von dem versunkenen Schloss und dem König gehört oder damals etwas im Fernsehen gesehen, da dies lange über Wochen das Topthema war.

Der König war ja der Besitzer des alten Anwesens. Gegenüber war eine große Wiese, diese hatte der König gekauft und darauf wieder ein Schloss errichtet. Es war ein schönes Gebäude, auch mit einem Turm, auf dem wie früher Fahnen wehten. Es war nicht so groß wie das Schloss unter der Erde, aber groß genug für den König und seine Kinder. Ottfried hatte noch einen Bruder, Friedrich, und zwei Schwestern, Marie und Sissi, die jünger waren. Ottfried war jetzt schon ein stattlicher Prinz und die Königsfamilie war immer noch mit Lara und ihrer Familie befreundet. Ich weiß noch, wie die beiden Familien auf einem Feuerwehrfest zusammen an einem Tisch saßen. Es war auch wieder die ganze Gemeinde anwesend. Plötzlich ging der König zu der Blaskapelle, die auf dem Fest spielte, und hielt eine kleine Rede. Er bedankte sich wie jedes Jahr bei den Dorfbewohnern, dass sie damals, als Lara die Leute entdeckt hatte, so gut aufgenommen worden waren. Alle Bewohner vom Erdenschloss, wie sie es jetzt nannten, waren damals im Dorf bei neuen Freunden untergekommen. Manche wohnten noch dort und einige hatten ihr eigenes Haus gebaut.

„Es ist ein Wunder“, sagte der König immer wieder, „dass wir hier zusammensitzen. Dieses Wunder haben wir nur Lara zu verdanken.“

Alle Leute auf dem Fest standen auf und applaudierten. Der König bat Lara und Ottfried zu sich. Alle schauten gespannt, was jetzt kam. „Meine lieben Freunde und alle

Anwesenden, ich darf euch heute die Verlobung von Lara und Ottfried bekannt geben. Die beiden haben mich darum gebeten, euch das auf diesem Fest zu sagen."

Alle standen wieder auf und applaudierten, jedoch dauerte dieser Applaus viel, viel länger. Hans, der Bürgermeister, lief sofort nach vorne und hielt dazu gleich noch eine kleine Rede, die doch 45 Minuten dauerte. Für Hans war das echt eine kleine Rede. Er freute sich für die beiden und meinte: „Geheiratet werden kann nur in unserer Kirche und dem Rathaus im Dorf."

Jetzt applaudierten die Anwesenden noch einmal.

„Das soll ein Fest für das ganze Dorf werden", meinte er nach dem Applaus. Und so kam es auch.

Es verging ein gutes Jahr, alle sprachen nur noch über diese Hochzeit, die bevorstand. Der Prinz und das Mädchen vom Dorf. Eine Märchenhochzeit sollte es werden. Die Zeit verflog und der Tag kam immer näher. Die Vorbereitungen in der Gemeinde liefen schon seit über einem Monat. Die Kirche wurde vom Feinsten geschmückt. Das Dorf wurde in jeder Ecke geschmückt. An jedem Haus hingen Fahnen von Bayern und das Wappen vom Schloss. Die Straßenränder wurden mit Blumen vom Gartenbauverein verschönert. Traudl, die im Vorstand war, war wie immer sehr genau und hatte alles im Griff, alles blühte zur Hochzeit. Im Rathaus war ein kleiner Festsaal für die Trauung geschmückt worden. Es war ein Freitag und die Glocken läuteten schon vom frühen Morgen an etwas länger als sonst.

Ottfried und Lara waren all die Jahre zuvor zusammen gewesen und wussten, dass es einmal so weit kommen würde. Heute war ihr großer Tag. Der König ließ eine Kutsche für die beiden bauen und sie fuhren darin durch die Gemeinde zum Rathaus, das in der Mitte des Dorfes stand. Alle Bewohner standen an den Straßen, an denen sie vorbeifuhren, jubelten und winkten ihnen zu. Die Glocken läuteten wie damals, als Lara zu ihrer Oma wollte und an dem Stein am Wegesrand stehen blieb, da sie den vorher noch nie bemerkt hatte. Es war auch 11:00 Uhr und die Trauung begann im Rathaus, wie es Hans vor einem Jahr vorausgesagt hatte. Der Bürgermeister vollzog die Trauung und die beiden fuhren mit einer kleinen Verspätung von wieder einmal 45 Minuten mit ihrer Kutsche zur Kirche, wo sich das Volk schon versammelte. Es passten nicht alle rein, aber das Wetter war so wunderbar, dass die, die draußen waren, es auch so genossen. Die Hochzeit in der Kirche dauerte zwei Stunden. Der Pfarrer hielt eine sehr schöne Rede. Die ganze Zeremonie war eben wie in einem Märchen, wo ein normales Mädchen vom Dorf einen Prinzen heiratet. Die beiden kamen als Paar aus der Kirche und fuhren mit ihrer Kutsche zum Festplatz bei der Feuerwehr. Alle Leute begleiteten die Kutsche. Hier feierte man die Hochzeit bis Sonntagmorgen 09:00 Uhr, wohlmöglich dass man noch weiter gefeiert hätte, aber der Pfarrer kam und rief die Gemeinde zur Sonntagsmesse in die Kirche.

Lara und Ottfried wohnten im Schloss beim König.

Märchen enden oft mit ... und wenn sie nicht gestorben sind dann leben sie noch heute, und das ist auch so. Lara und Ottfried haben jetzt 2 Kinder. Ratet mal welche Namen, die haben …

Diese Geschichte wurde vom Abenteurer und Weltenbummler Heinz Kunisch, geb. 1967 in Freising, geschrieben.